坂井一則 詩集

世界で一番 不味いスープ

Sakai Kazunori

コールサック社

詩集

世界で一番不味いスープ

目次

Ⅰ章　世界で一番不味いスープ

Ⅱ章　影─遥かな友へ

Ⅲ章　雨上がり

詩集

世界で一番不味いスープ

坂井一則

Ⅰ章　世界で一番不味いスープ

菫と僕と

一説にはヴァイオリンの語源は「小さなヴィオラ」を意味し
中世ヨーロッパでは弓奏弦楽器を「ヴィオラ」と言い
それはイタリア語の「菫＝ｖｉｏｌａ」の花びらに由来すると言う

何事も元をたどれば
意外なものに行く着くものだが
それにはそれなりの理由があるわけで

例えば人類だって
元をただせば原始地球の

たった一個のＤＮＡに行き着くわけで
これが何をどう間違ったのか
野に咲く一輪の菫と人になり
巡り巡ってヴァイオリンとなって
バッハのシャコンヌを聴く今の僕がいる

「禍福は糾《あざな》える縄の如し」と言うが
菫は間違いなく「福」を齎《もたら》し
僕という存在は「禍」だった
かも知れず…

美しい
ヴァイオリンの調べに
揺れている

世界で一番不味いスープ

かつて人類は
見たことも無いような高い塔を建てようとして
バベルの塔は未完に終わったが
今度は人類が
見たことも無いような大きな鍋を用意して
この地球上にある
ありとあらゆる種族の「悪い言葉」を集めて
この大きな鍋で煮てしまおう

「アイルランド語」から始めて「ンドンガ語」まで

およそ今のところ知られている言語の
およそ聞きたくない言葉ばかり集めて
この大きな鍋で煮てしまおう

具材は
戦争・核兵器・貧富・格差
妬み嫉み・復讐・裏切り
公害・天災人災・環境破壊
………
テメェ・コノ・クソヤロウ
まで
かつて今まで一度でも
人の口の端《は》に上ったことがある
およそ聞きたくない言葉はすべて
この大きな鍋で煮てしまおう

グツグツ　グツグツ　三日三晩
大きなしゃもじで掻き雑ぜて
世界で一番不味いスープを作ろう

そうして出来上がったら
この世界で一番不味いスープは
地球上のありとあらゆる種族の人間全員に
スプーン一杯ずつ飲ませよう

ワクチン投与みたいに

人類はその余りの不味さに辟易して
骨の髄の遺伝子レベルまで
その不味さを覚え込ませ

「もう未来永劫二度と言いたくありません」
となる日まで
繰り返し繰り返し煮続け
繰り返し繰り返し飲ませよう

そしてこのスープの料理人は
政治家でも哲学者でも宗教家でもなく
詩人がやるべきだ

詩人は生来
言葉を煮詰めることに関しては
長けた者たちなのだから

アルベール・カミュを読んだ日

アルベール・カミュを読んだ日に
こんなことを想像した

今　鏡に向けてピストルを撃てば
撃たれた者は割れた鏡の中の
あちら側の僕で
掠り傷一つない殺人者は
鏡の前のこちら側の僕である

従ってこの殺人事件は

加害者である僕は被害者であり
被告人であると同時に裁判官でもあり
弁護人も検察官も
役者はみんな僕一人なのである

僕は僕自身に対して判決を下す

判決
「被告人を死刑に処す
ただし
命の炎が尽きるまで執行猶予とする」

僕はこれからは
罪の意識だけを持って
生かされていくことになる

シーシュポスさん、河原で石を積みましょう

シーシュポス※さん
河原で石を積みましょう

どのみち怖い鬼がやってきて
積み上げられた石は
蹴散らされてしまうのでしょうが
岩を山頂まで押し上げるのも
（ああ、また麓まで転がり落ちていく…）
いつまで積んでも完成しない石の塔も
結局は同じことだから

神々を二度も欺いたその罰と
親より先立つ親不孝とでは
どっちが業が深いのか
生身の僕らには伺い知れませんが
永遠に繰り返される徒労に釣り合う不条理な精神
のためには
重たい大きな山の岩と
淋しい河原の石ころとでは
消費カロリーのことも考えて

シーシュポスさん
河原で石を積みましょう

あなたは人間たちのうちではもっとも聡明で
しかももっとも慎重な人間だったから

この世の悦びには未練があった事でしょう
だから神々を二度も欺いて
人間としての尊厳を享受しようとした
その代償がこの始末

あなたは無益で希望のない労働を強いられて
それが神さまたちの罰ならば
それはとりもなおさず今の僕らであって
宇宙時間から見た僕らの「生」は
不条理そのものだから
だったらそれに対する僕らの反抗は
何度も落ちる岩を押し上げるのも
何度も崩れた塔を積み上げるのも
結局は同じことだから

シーシュポスさん
河原で石を積みましょう

そうして疲れたら
河原の石に腰かけて
三途の川の水で淹れたコーヒーブレイクを

転がり落ちた岩を拾いに下山する時間って
やはり精神衛生上良くありませんよ
ね、　カミュさん

※シーシュポス＝ギリシア神話に登場する人物。
シーシュポスは神を欺いたことで神々の怒りを買い大きな岩を山頂まで押し上げるという罰を受けるが、岩は山頂に運び終えると同時に転がり落ちてしまい、その作業は永遠に繰返される。

メルソーの朝、ムルソーの夜

メルソー[※1]
君は名前に海《メール》と太陽《ソレイユ》を併せ持つ
ムルソー[※2]
君は名前に死《モール》と太陽《ソレイユ》を併せ持つ

君たちの生みの親は不条理作家アルベール・カミュだ

メルソー
君は幸福のために人を殺す
ムルソー

君は太陽のせいで人を殺す
馬は馬を殺さないけれど
人が人を殺すのだ

君たち二人は
己を取り巻く不条理に「反抗」し
そして君たち二人は断罪される

メルソーは朝に神の手で
ムルソーは夜に法の手で

僕の日常も不条理で満ちている
けれども僕は人を殺さない
その分

拳《こぶし》握らず旗打ち振らず
昨日と明日の間で息を詰めている

メルソーは朝
ムルソーは夜
物語の中の不条理に「反抗」する

現実の僕は
朝　髭を剃り
夜　床に就く
そんな風にして
愚直なまでに
生きてやる
僕の中には
海も太陽もないけれど

人は殺さず
あるがままに
全てを受け入れる

それが僕の不条理に対する
「反抗」である

※1・2
メルソーは小説『幸福な死』1936年頃（作者の生前は未刊）の、
またムルソーは小説『異邦人』1942年刊の主人公名。
作者＝アルベール・カミュ（1913-1960）

胸の穴

ぼくの胸に穴が空いた

原因は分からない
少しは思い当たる節がないではないが
だからと言って
胸に穴が空くほど深刻だった
と言うわけじゃない

こころの内の比喩としてではなくて
物理的空間としての穴が胸に空いて

きつく首を伸ばして覗き込めば
自分の背中の向こう側が見えそうなくらい
ぼくの胸に穴が空いた

仕方がないので胸に穴を空けたまま
ぼくは涼しい顔して街を歩くけど
周囲の視線がぼくの胸の穴を通過していく

その視線
痛くはないが
少しだけ物悲しい

だけど
空いた穴が胸だったことに
ほんとはすこしホッとしている

もしも顔に穴が空いたなら
人はぼくが誰だか判らなくなって
ぼく自身だって
自分が自分であることに
自信を持てたかどうか…

ひとたび
胸に穴が空いてしまうと
いろんなものがぼくを通過していく

風や音は言うに及ばず
すれ違うろうにゃくなんにょに風景
時間までもが胸の穴を通り過ぎていく

まるで裏通りの抜け道みたいに

ぼくは胸に空いた穴を埋めようか迷う
いつまでも開けっ放しの胸では息苦しいから
ではなにで埋めようか？

畔道の土で埋めてしまえば
春にはタンポポが咲くだろうし
海岸の砂で埋めてしまえば
夏には潮干狩りができそうだ
里の風で埋めてしまえば
秋には見事な紅葉に彩られ
山の木霊で埋めてしまえば
冬には大雪原が現れる

そんなふうにして
胸に四季を紡ぎながら
生きていくのも悪くはないけれど
ぼくが空けてしまった穴だから
空けられるべくして空いた穴だから
終生　ずっとこのままで
生きていくことになるだろう

ただこれからは
きつく君を胸に抱き締められない
ことがつらいけど

「自由」について自由に考える

病院での検査中
「ハイ、自由にしてください」
と言われる

「ハイ、楽にしてください」
と言われるのならまだしも
「自由にしていい」とはどうすればよいのだろう

その言葉通りに勝手気ままな振る舞いもならず
かといって身動きひとつしないのも

緊張しきっているようでカッコ悪いし
手持無沙汰に目玉だけをキョロキョロさせている

しかし『自由にする』とはどういうことか

僕はルソーの時代よりは
社会的には遥かに自由だし
サルトルの言う実存の自由な創造
に迫られてもいない
今僕に与えられている自由とは
次の検査が始まるまでのたかだか数分間
あれもしていいこれもしていい
という類いの自由ではなくて
しかるべき時までの
ささやかな空白なのだ

自由とは
近代民主主義国家においては
憲法上保障されていて
言論しかり（例えこんな詩であっても）
思想しかり（ノーテンキほざいていても）
宗教しかり（実家は浄土真宗です）
これは国家権力と雖《いえど》も侵害できない
僕の絶対的権利なのである

そういえば以前自由には
束縛からの自由という消極的自由
と
選択や決断への自由という積極的自由
があると

なにかの本で読んだことがあったけど
今僕に保障された自由とは
束縛も選択も関係ない
次の検査が始まるまでの
来るべき肉体的苦痛への
暫時休息に他ならないのだ

ならばせめて
精神的自由だけは謳歌して
その時を待とうではないか

「ハイ、それでは検査始めますから
口を大きく開けてマウスピース噛んでくださーい」
(ンゲッ、ンゲッ、オッ、オエーッ!)

雌雄について

確か創世記によれば
女は男のあばら骨から創られたことになっているが
先日のテレビでは
生物は元来メスだけだったのが
進化の過程でオスが誕生したのだと言う

宗教と科学を秤にかけて考えることは
間尺に合わない道理かも知れないが
どっちが先でどっちが後だとしても

ソクラテスにはクサンチッペがいて

モーツァルトにはコンスタンツェがいて
僕にも妻がいる

それには何の不思議も問題もなく
生物の進化と宗教が相乗りして
現在があると言うだけの話だ

ただソクラテスは智の巨人として
モーツァルトはミューズに愛された申し子として
その妻たちの名前も残り
何者でもない僕には同性ではない妻がいるだけで
生まれてこのかたこの瞬間まで
二人はこの星で棲んでいるというだけである

そしてほんの少し僕より妻の方がエライと言う
それだけの関係である

こころの眼

吉原幸子の詩に『日没』がある
　雲が沈む
そばにゐてほしい
鳥が燃える
そばにゐてほしい
海が逃げる
そばにゐてほしい

蟻が眠る
そばにゐてほしい
風がつまづく

そばにゐてほしい[※1]
と詩人は云う

今日は春の彼岸の中日で
沈む夕日を見ていると
能の『弱法師《よろぼし》』を想い起こす

盲目の乞食となった俊徳丸が
天王寺の西門の落日を拝む日想観《じっそうかん》を行うと
俄《にわか》に目が見えたと想い狂い舞う
やがて行き交う人々にぶつかってよろけては嘲笑され
現実に引き戻されるのだが
この見えたと錯覚した俊徳丸の
こころの昂揚の場面が僕は好きだ

このとき俊徳丸が見た光景を
六百年後の吉原幸子も『日没』で見たのだと思う

「満目青山《ばんぼくせいざん》は心にあり」と云う俊徳丸は
本当は見えていなかった
けれども見えてはいなくても
「見えた」と思う己のこころの内を見ていたのだろう

雲が沈み鳥が燃え海が逃げ蟻が眠り風がつまづく吉原幸子は
それらが本当に見えていた
けれどもこころの内では「見えないもの」が見えて狂い舞い
だから「そばにゐてほし」かったのだと想う

この六百年間に人は何も変わっていない
どちらも見えないものを見るこころの眼で

能は身体で
詩は言葉で
狂い舞ったものに違いない

俊徳丸は最後は父と邂逅して高安の里に帰っていく
吉原幸子は
（チャップリンの浮浪者と　目の開いた花売娘は
エンドマークのあと
どのように気まずく別れただろうか）[※2]
と書く

僕のエンディングはもう少し先にある

※1　詩集『夢　あるひは…』（『吉原幸子全詩Ⅱ』思潮社・1981）収録「日没」から
※2　詩集『夢　あるひは…』（『吉原幸子全詩Ⅱ』）収録「夢　あるひは…」から

蹌踉ふ

「蹌踉ふ」と書いて「よろぼ・う」と読む
調べてみれば
「よろよろ歩く」とか「倒れかかる」
という意味だと識る
パソコンでは直接書けずに
「よろめく」の単漢字変換で探す

「蹌《そう》」も「踉《ろう》」も共に「よろめく」わけで
余程よろめいたものだが
「蹌」には「うご（く）」「はし（る）」の

「踉」には「おど（る）」という訓読みがある
いずれにしても蹌と踉には
舞いおどるという意味もあるのだ

僕のこれから先には
明らかに蹌踉《そうろう》の日々が待っているだろう
だが身体は蹌踉たる歩みであっても
こころは舞い躍りあがるソウロウでありたい
よろよろ歩きながらも舞い尽くし
倒れかかりながらも跳び上がる

そんな「蹌踉ふ」精神でありたいと想いたくソウロウ

Ⅱ章　影――遥かな友へ

影——遥かな友へ

1 林檎

ここに一個の林檎があって
例えばその果肉に内包されて育つ種と
その種を慈しみながら熟れ腐る果肉と
さてどちらが幸せなのだろう

遠い日
僕らはこんな稚拙な議論をしたのだった
一升瓶を真ん中にして

肴は君の田舎から送られてきた林檎だけで

あの頃
僕らにはヘッセの「ガラス玉演戯」は難しすぎて
「罪と罰」のラスコーリニコフの眼をして
強欲バアさんを罵りながら
酸っぱい林檎を齧っていた

あれから僕らは林檎のような自負心を頼りに
青くなったり赤くなったりしながら
今日まで一本の樹にぶら下がってきた

はずなのに
君は突然
落果した

あの遠い日の答えはついに出せずじまいで
これからゆっくりと議論できると思ったのに
これからは僕ひとりで考えていかねばならず

君は林檎の真っ白な果肉の顔で
細く長い影のように横たわっていた

通夜からの帰途
果物屋の前を通りかかったとき
僕は無性に林檎を喰いたくなった

林檎はあの頃よりは格段に甘くて
酸っぱい林檎が恋しかった

2　ノクターン（夜想曲）

夜、

浅眠に落ちる夢を見ながら
闇の距離感の欠如に恐怖だけが棲みついて
重力の運命から逃れられない

夜、

しじまが深い闇を創るとき
漆黒の宇宙のような淋しさが足元からせりあがり
他人《ひと》の優しさが胸元で疼く

影になってしまった人を野辺に見送った

一日の終焉にはきまって夜が訪れるように
待たれている明日のために夜があるように
そんな古典的な夜を今更ながらに想いつつ
夢の中に流れるノクターンを聴く

3　春の問題

今日　満開の桜を見ました

今年の桜は例年になく遅くて
桜が咲かないことには春になったような気がせず
いつまでも寒い季節を引きずっていました
が
今日見事に咲いた桜の花を見ていたら
「人生で桜を何回見るだろう」
と謳った詩人のことが思い出されて
少なくとも僕は今年の桜を見られたわけで
それは人生で桜を見る回数が
一回増えたのかそれとも一回減ったのか
なんてことを考えていたら

一枚の桜の花びらが舞い落ちてきて
「火星にロケットで行く時代が来ても
テレビ塔の天辺から落とした紙切れの軌道を
人は予測できない」
と言った偉い科学者※のことを思い出しました

だからいま桜の花びらが枝を離れて
僕の目の前を通過していったことは
数式では表せない神さまの領域の話なのですが
寒い季節に逝ってしまった君のことですから
ようやく春めいてきた地上をひょっこり覗きにきた
のかも知れないと考え直して
少しうれしくなりました

もし誰かがいまの僕を見たら

「ああ、桜の花を見ているな」と思うことでしょうし
実際僕は桜の花を見ているのだからその通りなのです
が
君のいない春に桜を見ながら
今はもう影だけになってしまった君を想う僕がいるという
そのあたりがいつもと違う春なのでして
それは僕だけのそれも今年だけの春の問題なのです

あれ?
もうツバメが…

※中谷宇吉郎『科学の方法』(岩波新書　1958年)

4　逃げ水

人に影ができるのは
光がその人の在りかを示していくからだが
その影が伸び縮みすることは
射す光の角度ばかりとは限らない

影を見る人のこころが
影の長さを決めることだってある
その人は長い影を引きずっていた

影に人生が詰め込まれるのならば
生きてきた悔恨の数だけ影は色濃くなって
人は鎖を引きずる受刑者のように
よろめき歩くより他はないのだが

その人の影はただただ細く長くなっていった

静かで端正な人だった
その人を野辺に送ってから
死と言うものを考えるようになった

死のその先はもう永遠の過去なのに
その死という過去は
今を生きる僕の未来にある
とはどういうことか

お前は今、生きているか？
そして
お前は今を生きているか？

その人の痩せた細い背中の影に問われる

その問いの先を
何処まで追いかけて行っても
答えは逃げ水のように遠のくばかり

暑い夏の昼下がり

5　歳　月

闇は光の反対側に立つものだが
闇としての本分は
光に頼る他はないのか

夜が闇を吐いていた

その闇にあっては
君の細く長い影も見えない道理だが
向こうの闇が一段と深いのは
君の影が成せる業か
そこだけが一層色濃く沈んでいる

君が逝ってから半年が過ぎた

「君はもう半年も死んでいるのですね」
と死者の死んでからの歳月を数え始めるのも
生きている僕が己の残りの歳月を数えるのも
同じ時間軸に流れていく歳月なのだが
君のそれは増え続け
僕のそれは減り続ける

闇の色はそもそも何色なんだろう
僕はいま光に頼らず
夜が吐く墨のような色を見ているだけか

死者の魂は神さまの領分だから
僕は君の影だけを追っている
歳月は昼と夜の間を正確に刻む

夜がまた一つ溜息を吐《つ》く

6　彼岸花

桜が春を忘れず咲くように
今年ももう秋になったから
ローカル列車の線路際では
彼岸花が咲いている

人は物忘れをするので
最近は君のことなんて
まったく思い出さない日々だったから
時を忘れず律義に咲く彼岸花に
君を忘れていた事を叱られる

一時間に一本のディーゼル列車が通り過ぎた

それに呼応するかのように

彼岸花は列車を見送り
一瞬
僕を振り返ったような気がした

秋晴れの空の下で
揺れた彼岸花の赤い影が
君の細く長い影と重なる

列車はすでに遠くで小さく揺れている

7　帰り道

湖面に風の気配が通り過ぎた
湖面には小さな無数の波が立ち
映しこまれた風景が
小刻みに揺れている

風でさえひとたび湖面を撫ぜれば
鎮まるものを揺り起こすというのに
僕は振り上げた拳を
どこに置き忘れてきたのだろう

君の一周忌の帰り道

あのとき
こころはあんなにも波立っていた
というのに
握り締めた拳は青ざめていた
というのに

君の長い影はもう遥か先をいく
僕の短い影も落ちた

明日はこの冬最初の木枯らしが吹くという

Ⅲ章　雨上がり

雨上がり

鳥の囀《さえず》りに眼が覚めた

昨夜来の雨は上がり
洗われた景色を渡る少し強めの風が
山肌を舐めるようにして吹いてくる

こんな時は射し込む陽光も鮮やかで
季節の淵に移りゆく草花も色めいて
今という時間に充足してしまう

その充足が僕の背を押す
この突き上げてくる想いは
生き物の本能の疼きだ

悠久の時間を掛けて培われた
遺伝子の螺旋《らせん》のうねりが僕の深いところで息づいて
光と風のエネルギーを受けて化学変化したのか

量子力学の世界では僕らを構成する原子は不確定だが
その不確定の集合体である僕は確実に今ここにあり
風を聴き陽の温もりに羽化でもしかねない有り様だ

雨上がりの公園では児らの歓声がする
陽光に誘われて
水溜まりはまだ干上がっていないというのに

だから子供はいつも日向の匂いがするのだ

僕も戸外に出る
眼に染みる陽光と肌に沁みる風（児らはもういない）
僕は時間の中に確かに居る

「晩春」

映画監督小津安二郎は「晩春」で
父親役の大学教授笠智衆に
ラストシーンで林檎の皮を剝かせている

婚期を逃した娘原節子を無理やり嫁がせるために
父は己の嘘の再婚話を持ちだして
娘の父親への想いを断ち切らせるのだが

寡黙な父と美しい日本語の娘の会話は
どこか遠い国の物語のようでありながら

それはまだぼくの父と母の世代の頃なのだ

映画は白黒だから
モノトーンの林檎も黒いのだが
剝いた林檎の白さに剝かれた皮が脳裏に赤く色付く

父の剝く繋がった林檎の皮が
静かな螺旋と父親の淋しさと相まって
父娘の春は終わる

娘は晩春の先にある季節を生きていくことになる

ある日

ある日
雨催いの閉じた本のインクから
籠った湿度の裏側が匂い立つ

そこは僕がまだ見ぬ世界や豊饒な物語
それは息を詰めた男女の交わりだったり
在りそうもない乾いた地図の話だったり

インターネットラジオは
遠く海を隔てて異国から音楽が流れ

雨が降っていようがいまいが
朗々と鳴り響いている

時間は相対的に流れるのであれば
いまの僕の時間は確実に速い
光速に限りなく近い速度で旅する宇宙飛行士は
人としては不幸だ

ひとしきり降った雨が鎮まった

僕はいま
昨日や一昨日のことはさすがに明確だが
一年前となると途端にあやふやになる日々で
ラッセルの「幸福論」なんかを読んでいる

如雨露《じょうろ》

車窓からの一瞬の光景だった

真夏の炎天下で
老夫婦（と思しき）二人が畑仕事をしていた
街中の一隅のことだから
専業農家とは程遠い面積を
二人は一心に土を掘り起こしていた

強い陽光に照らし出された二人の影が
焼けた大地に張り付いていた

その二人とは少し距離を置いて
孫らしき五才ぐらいの女の子が居て
彼女は黄色い長靴に麦藁帽子をかぶり
垂直に落ちた小さなシルエットの
いま耕されたばかりの土に
小さな如雨露《じょうろ》で水を撒いていた

少女の撒く水は
この炎天下にはどれほどのものであろう
だがそれはたとえ僅かであっても
深く大地に沁み込み
確かに乾いた土を潤していたのだ

祖父母と孫

世代を渡る命の水を
照り付ける太陽が
俄に蒸発させてしまったとしても
彼らに流れる血脈は　今
如雨露に潤された大地を通して繋がっている

夏天の遥か向こうには
積乱雲が沸いていた
夕立がそこまで来ている

旅

雨の中

電車は発車の合図を告げて定刻に滑り出す
日常の想いを線路に引き摺りながら
進行方向の先にある目的地まで

限られた座席のスペースで
無限に流れる時間に揺られて
ぼくは地図と鉛筆を携えた旅人となる

旅の始まりはささやかな期待と仄甘い記憶に祝福される
大晦日の夜にはきまって
新年のために真新しい靴下を枕元に置いてくれた母のような

ぼくは胸ポケットに折り畳まれた地図を取り出して
それが真っ新なハンカチのように
染みひとつないことに安堵する

地図には宝物の在りかは記されていないし
不可思議な暗号も見当たらない
どこまで行っても交わらない不愛想な線路だけの地図

車窓を過ぎる風景が遠のいて　一瞬
自分だけを置き去りにして世界が過ぎ去る錯覚に陥る
そういえば子供の頃のメリーゴーランドも景色だけが廻っていた

人はよく人生と旅とを比較するけれど
それは始めにまず旅があって
その中で様々な人生があるんじゃないかと思う

ぼくらには立ち止まることなんて赦されていないから

ぼくは鉛筆を取り出して今まで通過してきた線路を地図に辿る
鉛筆はじきに丸くなってしまう
だから芯はこまめにナイフで削り出さなくちゃいけない

鉛筆は削られる度に短くなっていく
そんな風にして鉛筆も自分も　実は
旅の途中で削り落とされてきたことに気付く

鉛筆はぼくの手が削り出すものだとしても
ではぼくは誰の手によって削られてきたのか
電車の車輪は線路の摩擦によって擦り減っていく

線路も車輪の軋みと共に細くなっていく
削られすぎた鉛筆は短くなってもう爪を立てないと摑めない
線を引かれた地図は真っ黒で終着駅だけが見分けられる程度

ところでぼくは目的地に到着することができるのだろうか
その時地図にはまだ書き込めるスペースはあるのだろうか
終着駅を塗り潰すために鉛筆の芯は尖っているのだろうか

目的地に着いたらせめて雨だけは上がっていますように…

雨の日曜日

雨の日曜日が好きだ
もちろん晴れていればそれもいいのだが
それでも雨の日曜日は
しっとりと窓越しの木々は鮮やかに色濃く
部屋に流れるバッハのオルガン曲が
一段と沁みてくる

以前　何かの本で知ったこと

「地球の大気に含まれる水蒸気は、降水量に換算して約25㎜程度です。
ところが実際に雨として降る量は年間平均1000㎜程度です。
従って、
1000（㎜／年）÷25（㎜／回）＝40（回／年）
365（日／年）÷40（回／年）≒9（日／回）
つまり、大気中の水分は1年間に40回循環していて、
約9日に1回の割合で雨となって降るのです。」

だから今日降っているこの雨は
9日前に世界のどこかで降った雨が
蒸発して水蒸気となって雲になり
凝縮して水となって引力に導かれ
再び雨としてここに降ってきたのだ

が

この雨は
9日間に世界のどこかで流された涙
あるいは
9日間に労働者たちを乾上がらせた汗
だったかも知れず

窓の外にそぼ降る雨は
世界のどこかの哀しみや飢えと
繋がっていたのかも知れない

ところで神さまは
9日間に1回の割合で雨が降るというのに
どうして7日を1週間としたのだろう

天気予報では明日も雨だという

「秋」の考察

奥山に　紅葉ふみわけ　鳴く鹿の
声きくときぞ　秋は悲しき　〈猿丸大夫〉

ここは奥山ではないから紅葉はなく
鹿もいなければ鳴声も聞こえない
（でも秋は悲しい）
僕は奥山さんではないし紅葉という名の女性も知らない
ご近所の奥山さんっちの庭には紅葉の木はあるけど鹿はいない
（でも秋は悲しい）

裸になった柿の木では

鳥が最後に一つ残った実を食べている
ミカン畑ではスーラの点描画のように
緑色の中でオレンジ色を撒き散らしている
（でも秋は悲しい）

セイタカアワダチソウが生えていた
その分ススキはいつの間にか無くなった
（でも秋は悲しい）

季節外れの桜が咲いていて
寒木瓜《カンボケ》の花も咲いている
（でも秋は悲しい）

空が高い
刈田には荒い苫《とま》の刈庵《かりお》はない※

（でも秋は悲しい）

一体全体何が秋を悲しくするのか
秋だから悲しいという必然性はどこにもないのに
秋は悲しい

けれども

人は悲しみが多いほど
人を思いやることができるのならば
秋って案外いい奴に違いない

おそらく、たぶん、きっと…

※秋の田の　かりほの庵《いお》の　苫《とま》をあらみ
　わが衣手は　露に濡れつつ　〈天智天皇〉

風が吹く

何かが僕の身体を過ぎるとき
例えば吹き抜けていった律の風
その風に舞った銀杏のささやきと
そして耳朶に残る昨夜の祭囃子

何かが僕の夢の淵を辿るとき
例えば子供のころ空に失くした風船
その風船を追って飛ぶはずの今宵見る夢
そして野分に聴く潮騒

なにもかもが遠のいて
見よう見まねで捏ね上げた
目くるめく時間の螺旋階段では
辻風が吹き上がってくる
来年も銀杏の葉は雁渡《かりわたし》に色づき
若衆の鼓笛は刈田に高く謡うだろう
世界のどこかで子等の手を離れた風船は
希望の瑞風に乗るだろう

いま
得体の知れぬ寂寞が僕を閉じ込め
分厚い日常がのしかかる

外はもうじき朔風が吹き出すころ

初雪の日

灰色について考えている

それは今にも雨が降りそうな
俄に曇りだした夕立前の
そんな夏の空の話じゃなくて

印象派の画家たちが
白い絵の具に黒を混ぜ込んだ
そんな遠視眼的風景画の話じゃなくて

もっと透明で
もっと永遠な
こころの深いところに色付いている
グレン・グールドのいう
「無限の灰色※」
みたいな色の事を

それは
僕らがいつか渡る三途《さんず》の川の色
あるいは
漆黒の宇宙のそのまた外側の色
のような

今までに誰も見たことのない
そんな灰色について考えている

今朝の空では
風の匂いに痛みが走り出し
薄明るい白い雲と
落ちてきそうな昏い雲が
重なりあっている

もう初雪がそこまで来ているのだ

※ピアニストのグレン・グールドはバッハの『フーガの技法』を
「無限に続く灰色」と喩えた

Ⅳ章　埋れ木

埋れ木

日頃行き来していた街並みで
ある日
一軒の家が取り壊された

住人の絶えて久しい古家の跡に
突然　裸形の土地が現れて
数十年振りかで開放された土からは
湿った時間が臭い立つ

かつてここにあった家では

家人たちの笑いもあれば涙もあったことだろう
その悲喜をじっと聞き入っていた土は
照り付ける陽射しの下にいま
鎮まり返っている

床下に閉じ込められていた歳月に
埋れ木
という言葉が脳裏を過《よぎ》る

乾きゆく土地に小風が吹き抜けていく

顔

僕はいまおまえを見つめていて
おまえがおまえであることを認識しているが
では僕は
僕が僕であることを
どうやって識別すればよいのだろうか
自分の眼では自分の顔を直視できないから
例えば鏡に映ったこの顔は
今朝　鏡の中の夜の髭を剃る僕は

昨夜　おまえと語らった僕と
同じ蒼い髭を持つ僕か

或いはカメラに撮られたあの顔は
30年前の結婚式の新郎としての僕と
30年後の結婚式で新婦の父としての僕は
同じ明日を夢見る僕か

戸籍謄本や健康保険証が僕を証明するのか

ところで
鏡はどこに
鏡としての己を映し出すのだろう
カメラはいつ
カメラとしての己を写し取るのだろう

いくつもの偶然と
めくるめく時間の果てに
父娘は相似形の顔を持つ

埴輪の眼

稚拙な素焼きで
左手は肘から上に
右手は肘から下に
曲げられている
「天上天下唯我独尊」の釈迦誕生図ならば
その指す手の左右は反対なのに

その余りの稚拙さに
自嘲気味に挙げた左手は
困って頭を掻いているようであり

土偶の如き原始的な力強さもなく
埴輪の顔は呆けた顔で立っている

死者への殉死の役を仰せつかったか

歩くための足は持たず
甲斐甲斐しく世話する二本の手と
死者だけを見つめ死者だけを弔うために

穴だ
二つの眼は
穴だけだ

立体感も遠近感もなく
無造作に開けられた二つの深淵に

悠久の時間を留めている　穴

こんなにサッパリとした表現が許されて
これ以上単純な表情は許されない
埴輪の眼

埴輪には涙のための眼は必要なかったのだ

さしあたっての問題

宇宙に散在する無数の星々の
例えば太陽の約8倍以上重たい星は
気の遠くなるほどの時間の末に
最後は「鉄」になって星の一生を終えるのだと云う
しかもその終焉は
数十億年分がたった0・1秒で壊れてしまうので
宇宙空間を凄まじい勢いで飛び散るのだと云う

そんなスケールの大きな話をされても
さしあたっての問題は

電球が切れてしまったことです

超新星爆発を起こして一生を終えた星は
鉄のほかに諸々の元素を宇宙に撒き散らし
かつて
たまたま私たちの星に降り注がれたそれらが
なんかのはずみで原始のスープとなって
そのスープがまたなんかのはずみで
「味の素」みたいになって
それがこれまたなんかのはずみに捻じれてくっ付き
やがて生命の元が始まったのだと云う

そんな「なんかのはずみ」の話をされても
さしあたっての問題は
ドアノブが廻したはずみで抜けちゃったことです

その後は生物の進化系統樹に則って
現在の私たちに至ることとなるのだが
私たちの星もまた宇宙の約束事に則って
いまから約50億年後には
膨張した太陽に飲み込まれるか
溶解した地表がマグマオーシャンビューになると云う

そんなどうでもいいずっと先の話をされても
とにかく今の僕にとって
さしあたっての問題は
電球が切れて
ドアノブ引っ張ったら
抜けてしまったことです
真夜中のトイレで…

（運命は　「かみ」のみぞ　知る）

犬も歩けば…

テレビのクイズバラエティー番組で
「犬も歩けば…」の後を司会者が問うと
回答者の若い女の子は勢いよく答えた

「猫も歩く！」

アハハ
バカだねぇこの子
と家人は笑う

その夜
「猫も歩く」が僕の脳裏を歩き廻って
眠れない

『犬も歩けば、棒に当たる』

だがその「棒」とは一体何なのか
門前の小僧よろしく僕らはそう覚えたが
その意味を今まで一度だって
考えたことなんてなかったはずだ
だったらいいではないか
犬が歩けば猫だって歩いても

牛や豚が歩いたって不思議じゃないし
ついでに「ろうにゃくなんにょ」も

犬と猫と牛と豚の後について歩くといい
やがて犬を先頭に
みんな仲良く一列になって
行進している夢に落ちた

たそがれて…

沈む夕陽を見ていたら
「たそがれて…」という言葉が口を吐《つ》く

小川の水が川下へ流れるように
空に徒雲《あだぐも》が漂うように
あまりに自然に
しかも不意に出た言葉に
自分自身がたじろぐ

「たそがれ」ではない

「たそがれて…」なのだ
その「て…」に心が疼く

たそがれの由来は「たそかれ＝誰そ彼（誰ですか、あなたは？）」だという
夕暮れて人の顔の識別がつかない時刻だったから

寄りてこそ　それかとも見め　たそかれに　ほのぼの見つる　花の夕顔（源氏物語『夕顔』）

僕は光源氏とは似ても似つかぬ容姿だから
六条御息所《ろくじょうのみやすんどころ》の恨みを買うこともなく
まして夕顔の君に巡り合うチャンスも無かったが
黄昏に浮かぶ夕顔には心惑わせる妖しい白さがある

だが僕には夕顔の花を愛でる気持ちはもうない
美しいと思う

ただそれだけだ

たそがれて…
朝顔の花が萎んでいる
それも自然の成り行きなのだと思った

猫語

夜更けて
猫たちが鳴いている
それも切羽詰まったような鳴き声で
朔太郎ならこの声をなんと聴くか
「おわああ、ここの家の主人は病気です」※
（おわああ、ここの家の主人は神経性慢性胃炎です）

僕に猫語が理解できたなら

猫たちはみんな僕を睥睨《へいげい》して通り過ぎるだろう

（なあろう、ナメンナよ！）

そう想うと
僕は朔太郎じゃなくて良かったと思う
例えサンマ一匹食べるのも落ち着かないから

（おわああ、なあろう、お前はサンマ一匹にも値するのか？）

※萩原朔太郎『月に吠える』―くさつた蛤―「猫」
（詩集『月に吠える・青猫・純情小曲集』講談社文庫・昭和52年第5刷）

除夜の鐘

転《まろ》び寄る日々で
刻《とき》の棲みかに独り
夜の音《ね》を聴く
あれは
咽《むせ》んでいる
泣いている
咽び泣いているのだ

慟哭ではない
啼泣でもない

咽び泣くのだ

人の魂は脆い
たかが一つの記憶に
たかが一人の言葉に
いとも容易く籠絡されて
喉を締め涙腺を詰める

歳のせいとは思いたくない

むしろ人は戦い終えて
人間本来に帰ろうとしているのだ
魂が安堵して小さく縮んでいくのだ

そして人は最後には

母の胎内に居たときのように
昏く鎮まり返るのだ
除夜の鐘を数えている

精神安定剤

悪い夢の続きに撓《しな》る明け方
昨夜の精神安定剤の効きで息している

己の覚醒を自覚しようとすることが既に
意識を濁らせていることになるのか
それとも
覚醒の果てに人は己の深部を見極めるのか
そのどちらとも量りかねながら
布団の中で寝返りを打っている

「精一杯、生きてきました」
と殊更言えるほどではなかったが
その時々はそれが限界で
と言い訳がましくつぶやいて

あと四半世紀も経てば
僕のことなどどれだけ
覚えていてくれるだろうか
今度は反対側に寝返りを打つ

空が白々と明けていく

等身大の金魚

夜明け前
等身大の金魚の夢を見た

どうせ夢を見るのなら人魚の
それも肉感的なマーメイドならまだしも
どう見てもそいつは瞬き一つしない等身大の金魚なのだ

これは何かのお告げに違いないと
心中秘かに（夢の中で）思い巡らすのだが
金魚は僕の傍らで無言で突っ立っていた

どうせ夢のことだから
金魚が等身大で立っていても別に不思議でもないけれど
だったら何か一言ぐらい口を利いてもいいはずだ

子供の頃僕の家の庭には
直径1メートルぐらいのコンクリートの水槽があって
数年越しに金魚はのんびり泳いでいたし
大人になってからだって
児等が祭りの夜店で釣ってきた金魚を
ろ過装置付きガラス水槽で
みんな身体に白くブツブツができて
あっと言う間に死んでしまったまでは飼ってやっていた

だから今更金魚たちに恨みを買うような

非道な扱いをした覚えなんてないのに
そいつは黒い魚眼で無言で突っ立っていた
しかもカンガルーの尻尾じゃあるまいし
ひらひらした尾ひれでずんぐりした胴体を支えて
ここは水の中じゃない重力の掛かる地上だというのに
僕と同じ方向を見つめながら立っていた

あいつは来世の僕か
それとも前世の僕？

どっちにしてもまぁ仲良くやろうぜ
ポンと背中に手を回したら
ヌラリと言う感触に目が覚めた

あいつ

そう言えば目が潤んでいたけれど
地上の空気で目が乾いたせいなのか

それとも…

あとがき

前詩集の詩集名であった『グレーテ・ザムザさんへの手紙』（２０１５年）は、表題詩としての位置付けにありましたが、このグレーテーザムザさんは、不条理作家フランツ・カフカの小説『変身』の主人公グレゴール・ザムザの妹の名前です。内容的にはカフカの『変身』初版１００年目という節目であったということと、主人公は虫になって死んでしまいますがその家族は健在で、しかもこの小説が、なぜ人が虫になってしまったかということより、人が虫になっていく現実を、家族がどう受け止めて対処したかということに、興味があったからでした。

ですからそれは、不条理そのものに主眼があったわけではなくて、「グレーテ・ザムザさんへの手紙」は、言わば、詩集の中の一篇の不条理的作品という位置付けに過ぎませんでした。その後、私には「不条理」という言葉が頭を離れず、カフカとカミュの作品を読みました。私の頭脳では到底「不条理の哲学」は理解できませんでしたが、しかし、とても身近な人の死によって、「私にとっての不条理」というものを、考え出すきっかけとなりました。

ですからこの詩集『世界で一番不味いスープ』は、生と死を見つめた私にとっての不条理であって、カミュの言う「この世界が理性では割り切れず、しかも人間の奥底には明晰を求める死物狂いの願望が激しく鳴り響いていて、この両者がともに相対峙したままである状態」※という思想までには到底至らない、至極、私的な不条理に過ぎないのだと思っています。「不条理」というものを考えたとき、もしも不条理が富士山ならば、私は、一合目の麓に立って頂上を仰ぎ見ている一匹の蟻のように思われました。

この詩集『世界で一番不味いスープ』を出版するにあたり、今回もコールサック社の鈴木比佐雄様のお手を煩わせました。特に今回は詩集名も決まっていない状態で、しかもバラバラの原稿を分割で送付し、でもこの詩集の想いだけは主張するという、まったく身勝手な注文にも係わらず、辛抱強くご対処頂き、ここに詩集として纏めることができましたことに、深く感謝申し上げます。

前詩集とこの詩集の間に、私は還暦を通過しました。
いまは「不良老人街道まっしぐら」の日々です。

２０１８年２月　　坂井一則

※『シーシュポスの神話―不条理な論証』より〈カミュ全集２　98頁　新潮社〈１９７２年〉〉

坂井一則（さかい　かずのり）略歴

1956年（昭和31年）生まれ
著書　1979年　詩集『遥かな友へ』（私家版）
　　　1992年　詩集『十二支考』（樹海社）
　　　1995年　詩集『そこそこ』（樹海社）
　　　2007年　詩集『坂の道』（樹海社）
　　　2015年　詩集『グレーテ・ザムザさんへの手紙』
　　　　　　　　　　　　　　　　（コールサック社）
所属　日本現代詩人会・日本詩人クラブ・静岡県文学連名会員
　　　ネット詩誌「MY DEAR」
現住所　〒431-3314　静岡県浜松市天竜区二俣町二俣2102-4

石炭袋

坂井一則詩集『世界で一番不味いスープ』

2018年3月26日初版発行
著　者　　　　坂井一則
編集・発行者　鈴木比佐雄

発行所　株式会社 コールサック社
〒173-0004　東京都板橋区板橋2-63-4-209
電話 03-5944-3258　FAX 03-5944-3238
suzuki@coal-sack.com　http://www.coal-sack.com
郵便振替　00180-4-741802
印刷管理　（株）コールサック社　製作部

＊装幀　奥川はるみ

落丁本・乱丁本はお取り替えいたします。
ISBN978-4-86435-332-8　C1092　￥1500E